König & König

7. Auflage 2025

Die Originalausgabe erschien unter dem Titel *Koning & Koning*
bei J. H. Gottmer/H. J. W. Becht, Bloemendaal
Aus dem Niederländischen von Edmund Jacoby

Printed in the Slovak Republic

Gerstenberg Verlag GmbH & Co. KG,
Rathausstraße 18–20, D-31134 Hildesheim
verlag@gerstenberg-verlag.de

ISBN 978-3-8369-5795-3

Weitere schöne Bilderbücher
findest du auf unserer Homepage:
www.gerstenberg-verlag.de

König & König

Linda de Haan & Stern Nijland

GERSTENBERG

Oben auf dem Berg
wohnten eine alte Königin, ein junger
Kronprinz und eine Hofkatze.

Die alte Königin saß schon seit vielen Jahren auf dem Thron und war das Regieren leid.

Eines Tages beschloss die Königin, dass sie noch vor Ende des Sommers in Pension gehen wollte. Höchste Zeit also für den Prinzen, endlich zu heiraten. „**Aufstehen!**“, rief die Königin. „Ich will mit dir reden.“

„Ich hab's satt!“

„Wir brauchen eine
königliche Hochzeit!"

Der Prinz bekam keinen Bissen
mehr hinunter.
Aber die Königin fing immer
wieder an, immer wieder ...

„Jeder Prinz in der ganzen Gegend ist verheiratet. Nur du nicht! Als ich so alt war wie du, war ich schon zweimal verheiratet!“

Am Ende des Tages war der Prinz überredet.
„O.k., Mutter, wie du willst.
Aber ich habe noch keine richtig nette
Prinzessin kennen
gelernt.“

Proost!

In der Nacht holte die Königin ihre Prinzessinnen-Liste hervor. Sie fing bei A an und rief alle Prinzessinnen auf der ganzen Welt an.

Schon am nächsten Tag stand die erste Prinzessin vor der Tür.

Prinzessin Aria aus Österreich sang ein Lied für den Prinzen, aber sie wurde gleich wieder weggeschickt.

Aus Texas, USA, kam **Prinzessin Dolly** herübergeflogen und führte ihre Nummer vor (in Zusammenarbeit mit der Hofkatze).

Aber auch von diesem Auftritt waren die alte Königin und der Prinz nicht sehr beeindruckt.

Auch die lustige grüne Prinzessin aus Grönland kam nicht richtig an.

Deshalb fand der Prinz es nicht weiter schlimm, dass der Kammerdiener sich in sie verliebte.

Hochbeinig verließ die elegante **Prinzessin Radschandimaschputtin** aus Bombay das Schloss.

Die Königin und ihr Sohn waren ziemlich ratlos.

Das Wahre war dies alles nicht.

„Wartet!
Es steht noch jemand vor der Tür.
Ahem! Aha! Ich stelle vor:
Prinzessin Liebegunde
und ihr Bruder,
Prinz Herrlich“,
rief der Kammerdiener.

Und endlich begann das Herz des Prinzen wie wild zu pochen.

Es war Liebe auf den ersten Blick.

„Was für ein bildschöner Prinz!“

„Was für ein
bildschöner Prinz!“

Es wurde eine ganz besondere Hochzeit.
Vor lauter Rührung musste
sich die alte Königin eine Träne
aus dem Auge wischen.

FEST

Die Prinzen gingen von
nun an als König & König
durchs Leben.
Die alte Königin hatte
endlich Zeit für sich selbst.

Und alle lebten noch lange glücklich und zufrieden.